AtV

Bettina Wegner wurde 1947 in Berlin geboren. 1964 bis 1966 Ausbildung zur Bibliotheksfacharbeiterin in Ostberlin. 1966–1968 Schauspielschule. Ihr Protest gegen den Einmarsch der Truppen der Warschauer-Pakt-Staaten in Prag führte zu einer Haftstrafe, die später ausgesetzt wurde, und zur Exmatrikulation. Danach war sie Siebdruckerin im EAW Treptow. 1971–1972 Gesangsstudium am Zentralen Studio für Unterhaltungskunst. Seit 1973 freiberufliche Liedermacherin, ab 1983 lebte sie in Westberlin.

Sie veröffentlichte zahlreiche LPs und CDs und die Lieder- und Gedichtsammlungen: Wenn meine Lieder nicht mehr stimmen (1978), Traurig bin ich sowieso (1981), Weine nicht – aber schrei (1982), Von Deutschland nach Deutschland ein Katzensprung (1986), »Als ich grade zwanzig war« (1986), Es ist so wenig (zus. mit Rainer Lindner und Peter Meier, 1991).

Spätestens seit dem Lied »Sind so kleine Hände« war Bettina Wegner *die* Liedermacherin der DDR, eine kräftige, unverwechselbare Stimme. Unangepaßt und unerschrocken beharrte sie auf einem moralischen Rigorismus, der sie – auch nach ihrer Ausreise nach Westberlin – zu einer unbequemen und gerade darum von vielen bewunderten Sängerin werden ließ.

Dieser Band versammelt ihre bekanntesten Lieder und ergänzt sie mit neu entstandenen, die ebenso volksliedhaft schlicht und von zorniger Anteilnahme oder trauriger Ratlosigkeit sind wie jene, die ihr den Ruf einer »berlinernden Joan Baez« (*Christoph Dieckmann*) einbrachten.

Bettina Wegner

In Niemandshaus hab ich ein Zimmer

Lieder und Gedichte

Aufbau Taschenbuch Verlag

Dank an Inge Heym, Klaus Schlesinger
und Angela Drescher

ISBN 3-7466-1247-0

1. Auflage 1997

Umschlaggestaltung Preuße & Hülpüsch Grafik Design
unter Verwendung eines Fotos von © Renate Zeun
Satz LVD GmbH, Berlin
Druck Elsnerdruck GmbH, Berlin
Printed in Germany

Jede Stunde

Jede Stunde will ich nun verbringen
so, als obs die letzte wär
möchte alle schönen Lieder singen
über Zuckererbsen und das Rote Heer.

Jeden Tag will ich beim Lieben wissen:
Vielleicht geht er morgen fort
und dann werde ich ihn küssen
wieviel schwerer wiegt da jedes Wort.

Jeden Menschen will ich so behandeln
als säh ich ihn niemals mehr
und dann wird er sich für mich verwandeln
jeder Abschied wird mir zweimal schwer.

Jedes schöne Ding will ich mir gönnen
alle Wahrheit, die ihr gebt
denn am Ende will ich sagen können:
Mensch, ich habe wirklich gut gelebt.

1966

Wenn meine Lieder nicht mehr stimmen

Wenn meine Lieder nicht mehr stimmen
und keiner hört mir zu
da laß ich die Gitarre schwimmen
und setze mich zur Ruh.

So viele Leute, die ich kenne
die singen schön und aus Beruf
zuviel, als daß ich Namen nenne
versaun der Ehrlichkeit den Ruf.

Wie oft hör ich: Was soll ich machen?
Ach, Ehrlichkeit bringt nicht viel ein
da sing ich lieber seichte Sachen
kassier mein Geld und sag nicht nein.

Dann stelln sie sich auf eine Bühne
und singen irgendwelchen Mist.
Mensch, besser, daß ich nichts verdiene
eh ich was singe, was nicht ist.

Dann gibts noch solche, die was zeigen
die singen nicht, die machen frei
und achten drauf, daß beim Verneigen
vom Körper was zu sehen sei.

Vergessen über Brust und Beinen
daß es noch Wirklichkeiten gibt
worüber ganze Völker weinen.
Das Schlimme ist: Die sind beliebt.

Ich glaube, es ist nicht so bitter
daß mich nicht jeder brauchen kann.
Ich will nicht singen wie ein Zwitter
nur vorher fragen: Kommt das an?

Wenn meine Lieder nicht mehr stimmen
und jeder hört mir zu
da laß ich die Gitarre schwimmen
und setze mich zur Ruh.

1972

WENN MEINE LIEDER NICHT MEHR STIMMEN
D
(1.+8.Str.) Wenn meine Lieder nicht
Em D
mehr stimmen und
Em D
keiner hört mir zu. Da
(8.)
Em
laß ich die Gitarre schwimmen
H7 Em
und setze mich zur Ruh.
A (2.,4.+7.Str.) Em
So viele Leute, die ich kenne,
A Em
die singen schön und aus Beruf,
A Em
zuviel, als daß ich Namen nenne;
H7 Em
versaun der Ehrlichkeit den Ruf.

D (3.,5.+6.Str.)
Wie oft hör ich: Was soll ich
Em
D
machen? Ach, Ehrlichkeit bringt
Em D
nicht viel ein, da sing ich
Em
H7
lieber seichte Sachen, kassier
mein Geld und sag nicht nein.

Auf diesem Boden

Auf diesem Boden wird das Lächeln einst versiegen
auf diesem Boden, den ich nun verließ
und auch kein Gott, vor dem wir auf den Knien
liegen
kann nun verhindern, daß ich mich verstieß.

Ich wollte wieder Anfang sein und Ende
und hab geträumt, ich würde neu geborn
und neue Augen hätte ich und neue Hände
und habe immer gut zu sein geschworn.

Ich hab geglaubt, ich könnte neue Worte sagen
und andere Gedanken gäben mir Gewicht
und nun am Ende kann ich nicht ertragen
daß alles an mir so wie immer ist.

Ich weiß es besser nun und lege meine Hände aufs
Gesicht
und lege mich ins tiefste Wasser hin.
Ich wollt woanders anders sein und konnt es nicht.
Denn nichts holt aus mir raus, was ich nicht bin.

1966

AUF DIESEM BODEN
(erklingt in F#m, 2. Bd.)
Em
Auf diesem Boden wird das Lächeln
D Em
einst versiegen, auf diesem Boden,
Am D
den ich nun verließ, und auch kein
G H7
Gott, vor dem wir auf den Knien
Em
liegen, kann nun verhindern, daß
ich mich verstieß.

Auf der Wiese

Auf der Wiese haben wir gelegen
und wir haben Gras gekaut
folgen wollt er mir auf allen Wegen
Blumen hat er mir geklaut.

Montag hat er mir das Haar gekämmt
Dienstag gingen wir ins Kino
Mittwoch hab ich ihm was vorgeflennt
denn wir hatten nur Casino.

Und den Donnerstag, den ganzen
blieben wir in unserm Bett
und am Freitag warn wir tanzen.
Wenn ich doch den Freitag hätt.

Samstag lag er mir in meinen Ohren
daß er mich wie irre liebt
und er hat mir sicher auch geschworen
daß es keine andre gibt.

Sonntag ist er fortgegangen
ist für immer mir entwischt.
Ach, ich hätt ihn aufgehangen
hätte ich ihn bloß erwischt.

Auf der Wiese habe ich gelegen
und ich habe Gras gekaut.
Folgen trage ich auf allen Wegen
Blumen klaun hab ich mich nicht getraut.

1966

Melodie Peter Meier, München

Auf der Wiese haben wir ge-legen, und wir haben Gras gekaut
—, folgen wollt er mir auf allen We—gen, Blumen hat er mir geklaut.
B:
Und den Donnerstag den gan—zen blieben wir in unserm Bett,
Und am Freitag mach wir tan — zen. Wenn ich doch den Freitag hätt
— Wenn ich doch den Freitag hätt'.
Auf der Wiese haben wir ge-legen, und wir haben Gras ge kaut
Folgen trage ich auf allen Wegen, Blumen klaun hab ich mich nie getraut.
Begleitungsvorschlag:
A
E
f#7/4
g#7/4
C#7
G/D
Dj7
E7

Jan

Ach, vor einem ganzen Jahr
als ich noch sehr glücklich war
lief ich, mich im Tanz zu drehn
denn mein Jan, der tanzte schön.

Wenn wir tanzten, das war fein
und er sagte: Du bist mein.
Doch dann blieb er plötzlich fort
tanzte wohl am andern Ort.

Heute tanze ich allein.
Keiner sagt mehr: Du bist mein.
Meine Füße sind schon wund
doch ich tanze ohne Grund.

Ach, ein Jahr geht schnell vorbei.
Ich bin noch zum Tanzen frei.
Und nun wart ich auf den Mann
der wie Jan so tanzen kann
wie mein Jan so tanzen kann.

1965

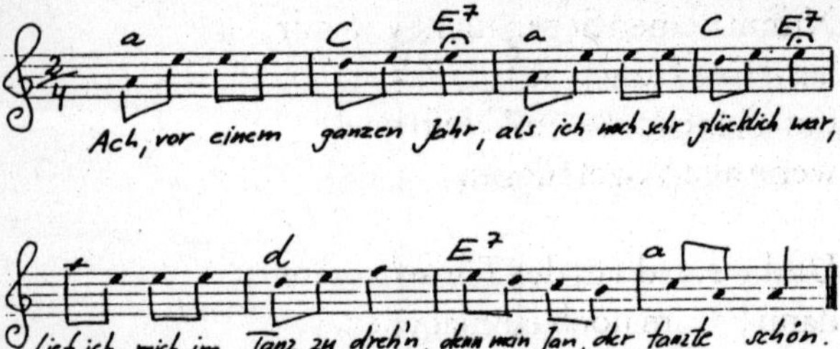

Begleitungsvorschlag:

Zwischenspiel:

Nimm deinen Segen nicht von mir

Nimm deinen Segen nicht von mir
laß deine Hände liegen
und deine Liebe und bleib hier
wenn alle Vögel fliegen.

Und wenn du in der Tür schon stehst
dann komm noch einmal wieder
und hör mich an, bevor du gehst
und höre meine Lieder.

Leg deine Hand auf mein Gesicht
so, daß mich niemand sieht
dann, Liebster, fürchte ich mich nicht
vor allem, was uns blüht.

Nimm deinen Segen nicht von mir
laß deine Hände liegen
und deine Liebe und bleib hier
wenn alle Vögel fliegen.

1969

NIMM DEINEN SEGEN NICHT VON MIR

Für Jan Palach

Er war so schön und neu
ein kleiner Held und Riese
im Haar war Staub vom Heu
und Gras von einer Wiese.

Er baute sich aus Zweigen
ein großes Feuerhaus
und wollte allen zeigen:
Der Mensch ist keine Laus.

Erst brannten seine Haare
das Gras war noch zu grün.
Man holte eine Bahre
doch er war am Verglühn.

Dann kam die große Ratte
die fraß ein großes Loch.
Daß man ihn nicht bestatte
fraß sie das andre noch.

1968

Magdalena

Magdalena war so schwarz
und hatte große Hände.
Wen sie liebte
streichelte sie in die Wände
weiß und kalkig ward ihr Liebster endlich noch
dabei liebte Magdalena jeden doch.
Magdalena

Tausend Leben hat sie wohl
zu Tod gedrückt.
Manchmal glaubt sie selbst
sie wird verrückt
weil sie immer wieder lieben muß
dabei tötet jeden schon ihr Kuß.
Magdalena

Ach, die langen Haare gehen bis zum Knie
doch vier Tage überlebt man mit ihr nie.
Nimm nie ihre Hand, die sie dir gibt
ach, sonst hat dich Magdalena totgeliebt.
Magdalena

1968

MAGDALENA
(erklingt in Hm z.B.)
Magdalena war so schwarz und
hatte große Hände, wen sie
liebte, streichelte sie in die
Wände, weiß und kalkig
war ihr Liebster endlich noch,
dabei liebte Magdalena jeden
doch, ach, Magdalena,
Magdalena, Magdalena -lena

Schlaflied für Benjamin

Mein Sohn hat blanke Augen
und einen schönen Mund.
Das Leben kann nichts taugen
ich wein die Augen wund.

Und wenn ich nicht mehr hier bin
und nirgendanderswo
ist kein Verlust und kein Gewinn
war niemand da und niemand floh.

Und wenn die Mauern so sind
daß keine Sonne scheint
dann denk ich an ein weißes Kind
das manchmal leise weint.

Wenn sich die Schatten legen
auf Blumen und aufs Gras
will ich nichts mehr bewegen
nicht Liebe und nicht Haß.

Ich will ein Schlaflied singen
dann schläft mein Sohn wohl ein
und bunte Scherben klingen
wird was zerbrochen sein.

Wie er will ich nun schlafen.
Wir werden nie mehr wach.
Dann kann ihn keiner strafen
davor nicht und danach.

1968

Immer wieder eine Lanze werfen

Immer wieder eine Lanze werfen
wenn sie trifft, verblute ich.
Ach, ich wollte mir mein Schwert noch
schärfen
doch am Ende treff ich mich.

Jede Schlinge, die ich lege
dich an mich zu binden
ist zum Schluß mir selbst im Wege
will sich um mich winden.

Jedes kalte Wort zum Abschied
das ich schleudern will
wird ein Weinen und ein Lied
darum bin ich lieber still.

Laß dich gehn aus meinem Leben
laß dich nun in Ruh
und will ich dir einen Abschied geben
hör mir nicht mehr zu.

1970

IMMER WIEDER EINE LANZE WERFEN

C
Jedes kalte Wort zum Abschied,
Dm
das ich schleudern will, wird
C
ein Weinen und ein Lied,
Dm
darum bin ich lieber still.
C
Laß dich gehn aus meinem
Leben, laß dich nun in
Dm
Ruh, und will ich dir einen
C
Abschied geben, hör mir nicht mehr
Dm
Dm
zu ___ zu.

Ach, wenn ich doch als Mann auf diese Welt gekommen wär

Ach, wenn ich doch als Mann auf diese Welt
gekommen wär
da wär ich besser dran und wüßte, wie sie sind
und alles, was ich machte, wäre sicher halb so
schwer
und von der Liebe kriegte dann der andere
das Kind.

Ich hätte monatlich nurmehr noch finanzielle
Sorgen
beim Tanzen könnt ich einfach fragen: Tanzen Sie?
Und würde ich mal wach mit einem Schmerz im
Kopf am Morgen
würd es nicht heißen: Deine Migräne, Liebling,
das ist Hysterie.

Ich könnte mich allein in jede Kneipe setzen
kein Mensch würd in mir leichte Beute sehn
und mich mit widerlichen Blicken hetzen
ich könnte ungeschorn an jeder Ecke stehn.

Und dürfte auf der Straße seelenruhig rauchen
kein giftger Blick von Damen würd mich streifen.
Das kann man doch zur Männlichkeit gebrauchen
und alle Damen würden das begreifen.

Und wenn mir auf der Straße irgendwer gefiele
da ging ich ran und würde ein Gespräch beginnen
und keiner hätte da so komische Gefühle
daß ich ne Frau bin: Mensch, die Olle muß doch
spinnen.

Beim Singen würde jeder auf die Worte hören
kein Blick auf meine Beine oder Brust
den Hörer würd nicht der Gedanke stören:
Na, könntste mit der Alten oder hättste keene Lust?

Und dann, wenn ich mal furchtbar nötig müßte
vorausgesetzt, daß es schon dunkel ist
da hätt ich heimlich, wenn das jemand wüßte
ganz schnell an irgendeinen Baum gepißt.

Zu Hause würd ich stets das meiste Essen kriegen
ach Mensch, ich wünsch mir so, ein Mann zu sein
und auch im Bett da dürft ich immer oben liegen
und keiner sagte: Kommse, ich helf Se in den
Mantel rein.

Das ist mir immer peinlich, weil ich das alleine kann
und Feuer geb ich selber furchtbar gern
und Türaufhalten dürfte ich als Mann
und müßt mich nicht bedanken bei den Herrn.

Und schließlich würd ich alle jene mal verprügeln
die ihre Kinder mit in Kneipen zerrn
ich würd ihn' ordentlich eins überbügeln
wenn die besoffen lalln, sie hätten Kinder gern.

Das, was ich denk und sage, würde ernst genommen
weil niemand dächte, daß ein Weib nicht denken
kann
und wär ich mit dem Auto mal zu Fall gekommen
hieß es nicht gleich: Laßt doch die Weiber nicht ans
Steuer ran.

Ich hab genug von diesem kleinen Unterschied
ich will das gleiche machen wie der Mann
will, daß man einen Menschen in mir sieht
und daß ich wirklich gleichberechtigt leben kann.

Ach Gott, da müßte ich ja schließlich auch zur
Volksarmee.
Na denn lieber nee?
Oder doch?
Und dann die kurzen Haare!
Und das alles anderthalb Jahre!

1975

Lied vom Messer

Für David

Es lebte einst in einem Wald
ein böser Menschenfresser.
Der war schon viele Jahre alt
und trug bei sich ein Messer.

Das Messer nahm er immer mit
erstach damit die Kinder
wenn eines mal den Wald durchschritt
und fraß sie mehr und minder.

An einem Tag, der sonnig war
da kam ein kleiner Junge
von höchstens fünf bis sieben Jahr
der pfiff aus voller Lunge.

Doch plötzlich blieb der Kleine stehn
und ließ das Pfeifen besser
er konnt den bösen Alten sehn
mit seinem Mördermesser.

Der hatte grad ein kleines Kind
mit blondem Haar geschlachtet.
Da lief der Junge hin geschwind
und hat die Angst verachtet.

Er riß das Messer aus der Hand
des bösen alten Mannes
erstach ihn selbt damit gewandt
und dachte froh: Ich kann es!

Nach vielen Jahren hat ein Hund
sich in dem Wald verlaufen.
Der lief sich wohl die Pfoten wund
und suchte was zum Saufen.

Er kam an einem Wasser an
es ging ihm schon viel besser
da sah er plötzlich einen Mann
der wetzte grad sein Messer.

Es lebte einst in einem Wald
ein böser Menschenfresser
der war schon viele Jahre alt
und trug bei sich ein Messer.

1969

Musik: P.Meier-München / Text: B.Wegner

Wenn du mir nicht mehr ins Gesicht siehst

Wenn du mir nicht mehr ins Gesicht siehst
meine Augen nicht mehr suchst
und meinen Händen fliehst
und über jenen Kellner fluchst
dann ist es wohl zu Ende.

Wenn deine Finger Kreise nachziehn
von den Blumen auf der Decke
wenn du wegsiehst zu dem Grün
von einer Dame in der Ecke
dann ist es wohl vorbei.

Wenn deine Worte mich nicht meinen
und dein Kopf mich nicht mehr trägt
und auch mein stummes Weinen
wenn es laut wird, nichts in dir bewegt
dann ist es wohl zu Ende.

Wenn du dir meine Briefe durchliest
wie ein altes Buch von andern
und dabei nicht immer mich siehst
sondern irgendeine Fremde
ach, dann ist es vorbei.

1971

Der Tod

Bin ins tiefste schwarze Wasser eingetaucht
kalt im Nebeldunst ertrunken
alle klare blaue Luft verbraucht
und der Tod hat mir gewunken

Meine weißen Hände hob ich, beide
um den Himmel zu berühren
bis er glaubte, daß ich leide
kam, mich lautlos wegzuführen

Seine Augen, kalte, leere Kammern
wächsern, ohne Farbe sein Gesicht
All mein Weinen scheint ihn nicht zu jammern
Ich begreife, daß er mit mir spricht

Und ich starr in seiner Augen Spiegel
endlich will ich seine Schwester sein
Auf der Stirne trag ich stolz sein Siegel
Als er wieder ging, war ich allein

1974/1996

Ich will

Aus dem DEFA-Film »Ikarus«

Ich will ein Vogel werden
flieg über eure Stadt
und über grüne Erden
ich hab das Laufen satt.

Ich wünsch mir schöne Flügel
die tragen mich weit fort
hoch über Wald und Hügel
an einen andern Ort.

Will endlich leicht und frei sein
dann wär ich gar nicht schwer.
Ich paßt in meine Hand rein
da sieht mich keiner mehr.

Mein Nest wär in dem Kirschbaum
gleich neben unserm Haus.
Ich flöge bis in den Weltraum
mit meiner weißen Maus.

Ich pickte kleine Krumen
aus meiner Mutter Hand.
Sie hätte schöne Blumen
die Vater für sie fand.

1974

Melodie Bettina Wegner / Peter Meier, München

Capo III
a d E7 a
Ich will ein Vogel wer – den, flieg über eure Stadt und
a d E7 a
über grüne Er – den, ich hab das Laufen satt. Ich
C(3) G(3) E7 a
wünsch mir schöne Flügel, die tragen mich weit fort, hoch
a d E7 a
über Wald und Hü – gel an einen andern Ort.
Vor- und Zwischenspiel:

Ene mene mopel

Spottlied für Kinder auf Erwachsene

Aus dem DEFA-Film »Ikarus«

Ene mene mopel
wer frißt Popel?
Brave Kinder tun das nicht
wenn man ihnen was verspricht.

Meine Tante Hedwich
sagt mir täglich:
Fürchte dich vorm Schwarzen Mann
weil sie keinen kriegen kann.

Und mein Onkel Ottka
der säuft Wodka
und wenn der besoffen ist
möchte er, daß man ihn küßt.

Unser Fräulein Krieber
hab ich lieber
als den Mathelehrer Klein
weil, sie ist schön und er gemein.

Wärn die Großen kleiner
wärs viel feiner.
Bestimmt wär das gesünder
gäbs auf der Welt nur Kinder.

1974

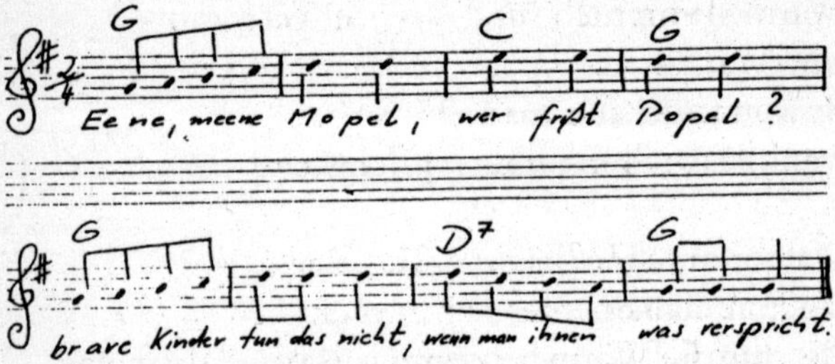
G C G
Ee ne, meene Mo pel, wer frißt Popel?
G D7 G
br ave Kinder tun das nicht, wenn man ihnen was verspricht.

Ikarus

Aus dem DEFA-Film »Ikarus«

War voll von Liebe und war voll Vertraun
und Wärme war um ihn und war viel Zeit.
So konnte er sich große Flügel baun
und alles in ihm war unendlich weit.

Da war es schließlich möglich, daß er flog
die Erde ließ er unter sich zurück.
Bis man die Wärme von ihm nahm und ihn belog
da blieb vom Ganzen in ihm nur ein Stück.

So fiel er nieder, stürzte und zerbrach.
Wer sagt, er wäre nie geflogen, lügt.
Man trug ihm die zerbrochnen Flügel nach
und jeder weiß, daß er nie wieder fliegt.

1974

Kinder

Sind so kleine Hände
winzge Finger dran.
Darf man nie drauf schlagen
die zerbrechen dann.

Sind so kleine Füße
mit so kleinen Zehn.
Darf man nie drauf treten
könn' sie sonst nicht gehn.

Sind so kleine Ohren
scharf, und ihr erlaubt.
Darf man nie zerbrüllen
werden davon taub.

Sind so schöne Münder
sprechen alles aus.
Darf man nie verbieten
kommt sonst nichts mehr raus.

Sind so klare Augen
die noch alles sehn.
Darf man nie verbinden
könn' sie nichts verstehn.

Sind so kleine Seelen
offen und ganz frei.
Darf man niemals quälen
gehn kaputt dabei.

Ist son kleines Rückgrat
sieht man fast noch nicht.
Darf man niemals beugen
weil es sonst zerbricht.

Grade, klare Menschen
wärn ein schönes Ziel.
Leute ohne Rückgrat
hab'n wir schon zuviel.

1976

KINDER
Kapo 3.Bd.
gegriffen Am Dm E C G
Cm Fm
Sind so kleine Hände
G Cm
winzge Finger dran.
Fm
Darf man nie drauf schlagen
G Cm
die zerbrechen dann.
Eb Bb
Sind so kleine Füße
Cm
mit so kleinen Zehn.
Eb Bb
Darf man nie drauf treten
Cm
könn sie sonst nicht gehn.

Ich hab die Nacht geträumet

Nach einem alten deutschen Volkslied

Ich hab die Nacht geträumet
wohl einen schweren Traum.
Kein Mensch wollt einem Menschen
noch in die Augen schaun.

Sie trugen lange Messer
tief unter ihrem Hemd
und um die Augen Binden
daß man sie nicht mehr kennt.

Die Worte, die sie sprachen
die warn aus Glas und rund
sie rollten und zerbrachen
schon fast in ihrem Mund.

Es riefen meine Feinde:
Wir haben dich erkannt!
Wo ward ihr, meine Freunde
die ich nicht wiederfand.

Die Freunde, die ich kannte
ich suchte sie und stand
als ich die Namen nannte
schon lange an der Wand.

Ich hab die Nacht geträumet
wohl einen schweren Traum.
Kein Mensch wollt einem Menschen
noch in die Augen schaun.

1977

Schlaflied für Jakob

Schlaf, mein Sohn, mach die Augen zu
Mama ist da und sitzt bei dir
träum was Schönes, na nu schlaf schon, du
brauchst nicht weinen, ich bin ja hier.

Hab keine Angst vor den lauten Dingen
Wölfe gibt es nur im Wald
Mama ist da, um ein Schlaflied zu singen
und wenn sie dich zudeckt, ists nicht mehr kalt.

Hab keine Angst vorm Schwarzen Mann
der fürchtet sich ja selber so
träum von deiner Eisenbahn
Löwen gibts doch bloß im Zoo.

Weine nicht mehr, ist doch schon gut
ich wisch dir deine Tränen weg.
Keiner ist da, der dir was tut
wenn ich dich in dein Bettchen leg.

Na siehst du wohl, jetzt schläfst du schon.
Wie klein du bist, das tut so weh.
Ich kann nicht schlafen, wie du, mein Sohn
weil du noch nicht siehst, was ich schon seh.

1978

SCHLAFLIED FÜR JAKOB
Kapo 3.Bd.
gegriffen Am Dm H7 E
Cm
Schlaf mein Sohn, mach
Fm Cm
die Augen zu, Mama ist
Fm
da und sitzt bei dir,
Cm
träum was Schönes, na nu
Fm D7 G
schlaf schon, du brauchst
G
nicht weinen, ich bin
Schluß: D7 G
ja hier. ...weil du noch
G Cm
nicht siehst, was ich schon seh.

Paris

Paris, das sind die roten Dinger da
die über Läden hängen
und Cafés
Paris, das ist mein Herz
so ganz zerrissen
und meine Seele
die gespalten ist
Paris, das sind die Leute
die ganz anders sind
als die ich kenne
Paris ist Tag und Nacht
und hört nicht auf
Paris ist rot und schwarz
und weiß und grau und gelb
Paris, das ist, wo man nicht einfach hinkann
Paris ist Wachtraum, links und rechts
Paris ist, wo ich war und nicht mehr bin
Paris, das ist, wovon ich wieder träume
Paris, das ist, was wir nicht haben und nicht sind.

1978

Lied für meine weggegangenen Freunde

Wenn ich nach einer angstdurchträumten Nacht
erwache
da kommt es manchmal, daß ich weinend lache
weil ich vermisse, was ich einmal hatte
die Schutzhaut, meine harte, meine glatte
die ist zerrissen und blieb irgendwo.

Es sind so viele von uns weggegangen
ach, hätte niemals niemand damit angefangen.
Trauer und Wut, das hat euch weggetrieben.
Mensch, wär das schön, ihr wäret alle hiergeblieben
bei euch, bei uns und auch bei mir.

Stille Statistik wird sich jetzt mit euch befassen
und doch habt ihr ein bißchen mehr verlassen
als euren Zorn und eure Bitterkeit
das Viel an Unrecht und Verlogenheit.
Da war noch andres, das lohnte, hier zu bleiben.

Ich meine alle, die euch wirklich brauchen
und jetzt in ihrer Trauer untertauchen
die euch noch folgen werden auf die gleiche Reise
und die hier bleiben, sterben still und leise
an euch, an uns und an sich selber auch.

Ich werde dieses Lied vielleicht nur summen
und eines Tages vielleicht ganz verstummen.
Schweigend und klein verbucht man die Verluste.
Ich weiß nur sicher, daß ich bleiben mußte
daß unsre Ohnmacht nicht noch größer wird.

1978

Sie war kinderlos und Mitte Dreissig
angestellt im Kombinats-Büro.
Immer pünklich war sie, immer fleißig
aber trotzdem niemals richtig froh.

Gott, wie haßte sie dies milde Lächeln
wenn sie beim Betriebsvergnügen war
denn sie wußte, was die andern hecheln
und der Grund dafür war völlig klar.

Überallhin kam sie ganz alleine
überallhin kam sie ohne Mann
und auch Freunde gab es einfach keine.
Manchmal ging sie fast kaputt daran.

Im Café lernte sie einen kennen
aus Charlottenburg, aus Westberlin.
Fürchtete sich schrecklich, zu verbrennen
und war ohnmächtig verliebt in ihn.

Viermal wöchentlich warn sie zusammen
aber immer nur bis zwei Uhr früh
wenn die Morgen über Grenzen schwammen
selber mitgeschwommen ist sie nie.

Dabei wollt sie auch mal ihn besuchen
wollt ganz einfach seine Zimmer sehn
und mit ihm in seiner Kneipe fluchen
und durch seine fremde Straße gehn.

Also hat sie sich davongestohlen
und sich krankgemeldet im Betrieb
wollte ihn aus seiner Wohnung holen
und ihn bitten, daß er immer blieb.

Aufgehängt am Fenster, Zelle sieben
einer großen Frauenhaftanstalt
hat sie sich vor Wut und lauter Lieben
und vor ihrer Angst, sie würde alt.

1987

Liebeslied

Wo soll ich denn mit meinen Fingern hin
die mich nur selbst verwunden
Für alles, was ich will und bin
hat sich kein Platz gefunden

Langsam hat meine Haut sich abgetrennt
die blieb auf irgendeiner Autobahn
Nachts leuchtets da, wo sie verbrennt
und das hat niemand wehgetan

Faß mich nicht an, ach, faß mich an
Ich bin das arme Huhn
das flügelschlagend doch nicht kann
was andre Vögel tun

Hab keinen Himmel über mir
und unter mir kein Bett
kaum leben wir, schon sterben wir
und warn doch nie komplett

Für den sich meine Haut verbrennt
der Hackfleisch aus mir macht
sterb ich genau in dem Moment
wo er darüber lacht.

1976

Es ist so wenig

Es ist so wenig, was ich hinterlasse.
Was bleibt von mir, wenn ich mal geh?
Mit Sicherheit wird bleiben, was ich hasse
auch, was ich liebte, und des Winters Schnee.

Nur meine Kinder werden mich vermissen
und wer mich liebte kurze Zeit.
Es hat noch nie jemand das Herz zerrissen
und von der Einsamkeit befreit.

Als Kind hab ich geglaubt, ich wär unsterblich.
Ich wollte ewig sein und mehr
und alle liebten mich und waren zärtlich
nur selten träumte ich schwer.

Vielleicht ist es genug, daß ich gelebt hab
zu sehn, wie meine Zeit verrann.
Und meine Wärme, die ich manchmal hergab
ist, was ich hinterlassen kann.

1978

Melodie Bettina Wegner/
Zwischenspiel Peter Meier, München

a
d7
E7
Es ist so wenig was ich hinter lasse, was bleibt von mir wenn ich mal
geh, mit Sicher-heit wird bleiben was ich hasse, und was ich liebte und des Winter's
Schnee
Git.
C
G/H
G
nur meine
C9
Kinder werden mich ver missen, und wer mich liebte kurze Zeit, es hat noch
Fj7/#11
h7/b5
nie mandem das Herz zer rissen, und von der Einsamkeit be freit.
Vor- und Zwischenspiel:
Har. XII
rit.
Begleitungsvorschlag:
d7
C9
Fj7/#11
h7/b5

Traurig bin ich sowieso

Wenn wir unsre Kinder schlagen
ins Gesicht und auf den Po,
weil wir selbst uns nicht ertragen
Traurig bin ich sowieso

Wenn die offne Meinung ausstirbt,
niemand contra, niemand pro,
wenn man nur um Heuchelei wirbt
Traurig bin ich sowieso

Wenn ich mich bespitzelt sehe,
überall und nirgendwo,
ganz egal, wohin ich gehe
Traurig bin ich sowieso

Wenn ein Freund in' Westen abhaut,
jemand lächelt schadenfroh,
und kein Mensch dem anderen traut
Traurig bin ich sowieso

Wenn man höchste Preise bietet
für gedroschnes leeres Stroh
und man sein Gehirn vernietet
Traurig bin ich sowieso

Wenn das Ideal im Arsch ist,
und die Hoffnung weiß nicht wo,
uns die Langeweile auffrißt
Traurig bin ich sowieso

Und ich denke an den Dichter,
der in Optimismus floh,
nur für freundliche Gesichter
Traurig bin ich sowieso

Wenn die Häuser uns erschlagen
mit dem Kacheldrahtniveau,
Tränen nur bei Saufgelagen
Traurig bin ich sowieso

Wenn ich ans Gefängnis denke,
das von uns und anderswo,
all die abgeseßnen Bänke
Traurig bin ich sowieso

Wenn ich trotzdem weitersinge,
trag ich auch das Risiko
und den Kopf schon in der Schlinge
Traurig bin ich sowieso

Mensch, solange wir noch lachen,
und wir fühln uns nicht allein,
und wir können noch was machen,
kann ich ruhig traurig sein
Darf ich ruhig mal traurig sein!

1976

Woanders

Auf dem Globus gibts ein Land
bei China und bei Indien
streichelte mit meiner Hand
über seine Linien

Zog sie nach und wollte fort
und ich dachte noch
Sicher sind sie anders dort
aber wollte doch

unter ihnen sein und leben
immer selber kochen
Es würd nie Kartoffeln geben
Ich wär ungebrochen

Und ich wünschte, dort zu sterben
zwischen Wind und Meer
Tod bedeutet nicht Verderben
und mein Grab das wäre leer

Will nicht mehr in dieses Land
will ja nicht mehr fort
Denn am Ende wäre ich
auch nicht anders dort

1971

Melodie Peter Meier, München

Und ich wünschte dort zu sterben zwischen Wind und
2.x: Und doch wünscht ich
Meer.
Tod bedeutet nicht Verderben
und mein Grab das wä – re leer. Ich wünschte
dort zu sterben zwischen Wind und Meer.
Tod bedeutet nicht Verderben Und mein Grab das
wä – re leer. (Git)
Fine
Will nicht mehr in die ses Land will ja nicht mehr fort
—, denn am En de wä-re ich
auch nicht an ders dort.
Dal 𝄋 al fine
G6/H
a7
D/F#
Dsus4
a7/4
Fj7/6

Er sagte immer wieder seine Meinung

Er sagte immer wieder seine Meinung
zu laut, zu oft und immer ungefragt
Geduldig hatten sie ihm wiederholt erklärt
daß dies die Zeit nicht sei, zu reden
und mußten schließlich ein Exempel statuiern
Nachdem sie seine Zunge ausgerissen
führten sie Klage, daß er sich nicht äußere
und stellten ihn als schlimmes Beispiel hin
Sprachlosigkeit als abgefeimte Hinterlist
Einstimmig ward alsdann Beschluß gefaßt
ihm beide Hände abzuhacken, ihn zu strafen
Doch nach vollstrecktem Urteil
erhob sich abermals Kritik
Er hätte sich mit Renitenz geweigert
die hilfreich brüderliche Hand
die man ihm reichen wollte, anzunehmen
So sah man sich gezwungen
ihn erneut zu strafen
Nach langer offner Diskussion
die freimütig mit ihm geführt ward
entschloß man sich, obwohl es schwerfiel
ihm beide Augen auszustechen
auf daß er endlich sich besinnen möge
Jedoch alsbald schon stellte sich heraus
daß er die Dinge völlig irreal sah
und daß sein Weltbild daher feindlich war

was eine neuerliche Strafe nach sich zog
Jetzt wurde nicht mehr lang gefackelt
Mit der Geduld war man am Ende
Nun keine falsche Rücksicht mehr
Man ging daran, ihm kurz und bündig
die beiden Ohren abzuschneiden
worauf man ihn zum Marktplatz führte
mit einem festen Strick um' Hals
daran ein Schild befestigt war:
So endet jedermann, der sich verweigert!

1978

Kein Land

In einem Niemandsland bin ich zu Haus
in dem sich keiner kennt
bin nie darin, komm nie heraus
wo niemand Namen nennt
Mein Lächeln trifft auf leere Fremdgesichter
das macht mich bodenlos und schnürt den Hals
Im Dunkel suche ich vergebens Lichter
in der Erwartung eines Überfalls
Ich hab genug von diesem traumgetretnen Leben
und doch fehlt mir der Mut, mich zu verlassen
Ich will für alles niemals alles geben
und was ich liebe, ist am Ende grad zum Hassen

1988

Ich möchte sagen

Ich möchte sagen, was ich nicht weiß
ich möchte lieben, ganz tief, ganz heiß
und möchte geliebt sein
von keinem wie mir
und will mich besaufen an Worten und Bier
Ich will so sein, wie ich nicht bin
und manchmal wünsch ich, es hätte Sinn
das, was ich sage und daß ich bin

1974

Cool sein

Manchmal sagen mir die Leute
man darf sein Gefühl nicht zeigen
denn die andern wünschten heute
lächelndes Geschwätz und Schweigen
    Und wer dieses Spiel nicht spielt
    wird daran zugrunde gehn
    weil man auf die Schwächen zielt
    dürfen andre sie nicht sehn

»Cool« ist eins der Lieblingsworte
gut getarnt scheint halb gewonnen
Eisgesicht aus der Retorte
Produktion hat schon begonnen
    Wenn man weint, ist man kein Mann
    Kummer darf nie offen sein
    weil nicht sein darf, was nicht kann
    also heule stets allein

Lächerlich will ich mich machen
daß die Leute endlich merken
Nur, wer weint, kann wirklich lachen
nur, wer schwach ist, hat auch Stärken
    Nur wer seine Trauer zeigt
    Wut und Angst und Liebe auch
    wer sein Fühlen nicht verschweigt
    kriegt dafür auch, was er braucht

Wir sind nicht dazu geboren
um uns ewig zu verstellen
Wirklich sind wir nur verloren
wenn wir mit den Hunden bellen
    Und Enttäuschungen tun not
    was man gibt, kriegt man zurück
    Wer nicht leiden kann, ist tot
    nur, wer Trauer kennt, kennt Glück

Nur, wer schreien kann, ertrinkt nicht
nur, wer fällt, wird aufgehoben
Nur, wer Dunkel kennt, der kennt Licht
nur, wer unten war, kennt oben
    Grade, wer verletzlich bleibt
    und wer Angst und Hoffnung kennt
    Wer sich an sich selber reibt
    ist – was man den Menschen nennt.

1984

Verbannung

In einen Sommer
und in ein Land
wurde vom König
die Liebe verbannt

Weil sie sich liebte
vor jedermann
und sich umarmte
wie man nur kann

Weil sie auch lachte
über den Haß
der sie verbannte
und nicht zum Spaß

In der Verbannung
blieb sie sich treu
und schuf sich täglich
wieder aufs neu

Dann starb der König
Ach, dieses Glück
endlich durfte
die Liebe zurück

Als der Sommer vorbei war
und die Liebe nicht mehr muß
hat sich die Liebe vergessen
und Schluß

1977

Gebote

Na – Gebote braucht der Mensch wohl, um zu
 überleben
also schafft er ständig neue, sie zu übergeben
an die Welt, die nach ihm sein wird, und an seine
 Erben
denn es läßt sich mit Geboten wirklich leichter
 sterben
Lernte ich doch in der Schule: Keiner solle lügen
und so war ich völlig sicher: Niemand wird
 betrügen
Doch im Lauf von dreißig Jahren lernte ich verstehn
Das Gebot kreiert man ja nur, um es zu umgehn
Wasserpredigt – Weingelage, so stehn die Gesetze
und wer heut Moral noch fordert, ruft schon
 auf zur Hetze
Darum sah ich mich gezwungen, eigne mir zu
 schaffen
Zehn Gebote für mein Leben als die letzten Waffen:

Aufrecht stehn – wenn andre sitzen
Wind zu sein – wenn andre schwitzen
Lauter schrein – wenn andre schweigen
Beim Versteckspiel sich zu zeigen
Nie als andrer zu erscheinen
Bei Verletzung nicht mehr weinen
Hoffnung haben beim Ertrinken

Nicht im Wohlstand zu versinken
Einen Feind zum Feinde machen
Solidarität mit Schwachen

Und ich hab sie nie gebrochen bis auf ein Gebot
Bei Verletzung wein ich manchmal, was ich mir
verbot.

1980

Hab doch gewußt

Hab doch gewußt – es ist wieder das gleiche
ist keine Hand – keine warme und weiche
Geh doch nicht weg, wenn ich sterbe und weine
sterben ist schlimm, denn da ist man alleine
Sieh mich doch an, und dann gib mir die Hände
halte sie weg von mir, eisschwarze Wände
Steh nicht am Fenster und sieh auf die Straße
Weiß, du willst weg, und weiß, daß ich dich lasse

Hab doch gewußt – es ist wieder das gleiche
Ist keine Hand – keine warme und weiche
Hab mein Gesicht, und ich fürchte den Spiegel
Liege am Boden und hab keine Flügel
Angst frißt mich auf, und sie will mich erschlagen
Keiner ist bei mir und will meine Fragen
Morgen ist gestern und alles wie immer
nur meine Angst wird mir größer und schlimmer

Hab doch gewußt – es ist wieder das gleiche
ist keine Hand – keine warme und weiche
Hab doch gewußt – es ist wieder das gleiche
ist keine Hand – keine warme und weiche
Hab ja gewußt – es ist wieder das gleiche
ist keine Hand – keine warme und weiche.

1980

Gott

Gott, das ist der, der mir in die Fresse schlug
als ich flüstern wollte:
Ich beginne, zu glauben
Gott, das ist der, der mir in die Augen spuckte
als ich anfing, ihn zu sehen
Gott, das ist der, der mir das Herz herausriß
als ich gut zu sein begann
Gott, das ist der, der mir die Hand zertrat
als ich streicheln wollte
Gott, das ist der, der mir ins Gesicht lachte
als ich Liebe Liebe nannte
Gott, das ist der, der mir den Hals zuschnürte
als ich endlich leben wollte
Gott ... das bin ich

1967

Wenn einer geht

Wenn einer geht
bleibt einer da
und wer bestimmt
von welchem nun
das Herz zerrißner ist

1983

Wenn alle Menschen dieser Erde

Nach Peter Härtling

Wenn alle Menschen dieser Erde
nicht ewig wie die Hammelherde
sich in ihr Schicksal brav ergäben
statt endlich wirklich loszuleben

Wenn Feigheit unser Tun nicht lähmte
kein Mensch sich seiner Schwäche schämte
wenn wir einander Wärme schenkten
und den, der anders ist, nicht kränkten

Wenn alle Menschen Bäume pflanzten
Kanonen, Panzer jetzt zertanzten
Wenns keine Armen gäb, noch Reiche
und alle teilten wir das Gleiche

Wenn Eltern wieder Kinder wären
und lernen würden, statt belehren
Wenn wir einst Staat und Macht nicht kennen
kann man die Freiheit Freiheit nennen

Wenn wir dies Leben einmal fänden
ganz fest uns hielten bei den Händen
dann hätten unsre Träume Sinn
denn Menschsein wäre ein Beginn

1982

Capo II
Wenn alle Menschen dieser Erde
nicht ewig wie die Hammel – herde,
H7
sich in ihr Schicksal brav er – geben
F#7
Git.:
statt endlich wirklich loszu – leben
Begleitungsvorschlag:
H7
F#7

Soldaten

Jedes Land schwört seine Söhne auf das Feld
der Ehre ein
mit Gewehr und Helm und stolzer Uniform
und im Wortschatz des Soldaten fehlt das
lautgesprochne Nein
denn dies Wort entspricht nicht kämpferischer
Norm

Einer starb für Adolf Hitler und fürs Deutsche
Vaterland
und Amerika ließ sterben in Vietnam
Der den Namen Stalins hauchte, blieb bis heute
unbekannt
alle starben sie für irgendein Programm

Einer focht im Namen Christi, einer kämpft'
für Muhamed
und Parole wird Ersatz für den Verstand
Einer tötet für Ideen, die er selber nicht versteht
ist er blind, sieht er die Schrift nicht an der Wand

An dem Denkmal für die Helden hat kein Toter
je geweint
ein gefallener Soldat kennt keinen Sieg
Ob sie schwarz, gelb, braun, ob Weiße, hat sie eines
doch geeint
Jeder starb für seine Mächtigen im Krieg

Ein Soldat ist auch ein Vater, jemands Sohn und
jemands Mann
liebt die Mutter, liebt die Frau und liebt sein Kind
Es ist Wahnsinn, daß ein Liebender auch Menschen
töten kann
die genauso wie er selber liebend sind

Wenn Soldaten sich verbrüdern durch ein
tausendfaches Nein
und sie reichen übern Graben sich die Hand
kann das Leben auf der Erde endlich
menschenfreundlich sein
und es braucht nicht mehr die Mahnung an
der Wand

1989

Originaltext/Musik: Buffy Saint Marie, »Universal Soldier«
Original © Peer Musikverlag Hamburg
Nachdichtung: Bettina Wegner

Ich hab Sehnsucht

Ich seh alles von weit oben
Trümmer, Asche, einen Zug
Feuerstürme seh ich toben
Flügellos und doch im Flug.

Kann nie mehr auf Füßen stehen
kann nicht landen, kann nicht schrein
nicht mehr neben andern gehen
kann nur noch ein Niemehr sein.

Ich hab Sehnsucht nach der Erde
dem Geruch von feuchtem Gras
will, daß ich zum Menschen werde
und bin nicht und bin doch was.

Zwischen Himmel, Sand und Sternen
irr ich heimatlos dahin
von mir selbst mich zu entfernen
weil ich schon gestorben bin.

1985

Lied für meine verlassenen Freunde

Wenn ich nach einer angstdurchträumten Nacht
erwache
da kommt es manchmal, daß ich weinend lache
weil ich vemisse, was ich einmal hatte
die Schutzhaut, meine harte, meine glatte
die ist zerrissen und blieb irgendwo

Es sind so viele, die sind weggegangen
ach, hätte niemals niemand damit angefangen
Trauer und Wut, das hat uns weggetrieben
Mensch, wär das schön, wir wären alle dageblieben
bei euch, bei uns und ich bei mir

Am Ende hab ich selber mich davongestohlen
zwar nicht bei Nacht und nicht auf leisen Sohlen
Ich habe nichts und niemanden verraten
war nur zu feige, auf den Schluß zu warten
in diesem Kampf, den ich verloren hab

Stille Statistik wird sich jetzt mit uns befassen
und doch habn wir ein bißchen mehr verlassen
als unsren Zorn und unsre Bitterkeit
das Viel an Unrecht und Verlogenheit
da war noch andres, das lohnte dazubleiben

Ich meine alle, die uns wirklich brauchen
und jetzt in ihrer Trauer untertauchen
die uns noch folgen werden auf die gleiche Reise
und die, die bleiben, sterben still und leise
an uns, an mir und an sich selber auch

Mein Schrei wird Schweigen, nur mein Herz
schlägt lauter
was ich verloren hab, scheint mir vertrauter
als Mögliches, das ich gewinnen kann
und meine Hoffnung stößt sich wund daran
und trotzdem ist mir noch ein Stück davon
geblieben

Ich werde dieses Lied vielleicht nur summen
und eines Tages vielleicht ganz verstummen
Müde und klein verbucht man die Verluste
Ich weiß nicht sicher, was ich einmal wußte
nur: daß aus Ohnmacht nicht gestorben wird

1984

Git. Vorspiel
C
Wenn ich nach einer angstdurchträumten
G
Nacht erwache,
C
da kommt es manchmal, daß ich
G
weinend lache,
D H7
weil ich vermisse was ich einmal
e
hatte, die Schutzhaut
D H7 e
meine harte, meine glatte, die ist zer-
D H7 e
rissen und blieb irgend- wo.

Das Geschenk

Hilf oder stirb, sagen sie
und wissen doch alles besser
Hilf oder stirb, sagen sie
und zeigen mir ihre Messer
Ich geb zögernd den Finger
da fehlt mir die Hand
und mein kraftloses Lächeln
drückt mich an die Wand
Wenn ich auf sie zugeh
wächst Bedrängnis daraus
und der Kreis zieht sich enger
kein Loch für die Maus
Sie schreien »Hilf uns
und halte dein Wort!«
Was hab ich versprochen?
Und dann gehn sie fort
Wenn sie gehn, gehn sie lächelnd
mir bleibt ihr Geschenk
Ich bleibe zurück
mit all ihrem Schmerz
und jeder von ihnen
trägt in seiner Tasche
ein kleines Stückchen
zerrissenes Herz
Ich steh an der Wand
die Signale auf Not
ich steh ohne Haut
und ganz still und bin tot

1986

Grenzverschoben

Grenzverschoben im Land gleichen Namens
das doch nicht dasselbe ist
Nur meine Katze hat nichts bemerkt
Wortkämpfe führ ich
weil anderer Sinn herrscht
als Gleichklang verrät
Angst hab ich immer noch
nur eine andre
Selbst schon Bekanntes wird wieder fremd
wo man bleiben muß
Das Band der Gegangenen
hält nicht zusammen
Die Orte der Freunde
sind ganz in der Nähe
doch nicht zu erreichen
weil Niemands Land
wir sind in dieselbe Fremde gekommen
und teilen im Rückblick die gleiche Schuld
Wer selbst aus der Bahn fährt
hält Spiegel nicht aus
Es gibt nicht Vertrautes
nur eins bleibt beim alten
Das Schwimmen beherrsch ich noch immer nicht
Wer teilt meine Bilder
von Spinnen umwoben
Bin ich jetzt tot?

1986

Will nicht hier sein
und will nicht zurück

Warum find ich in der größten Freude
immer die bekannte Traurigkeit
und im schönsten aller freien Flüge
spür ich unentrinnbar schon den Sturz
Mitten in der hellsten Sonnenscheibe
lauert mir ein schwarzer Schatten auf
Dem Gesang der Liebe nicht vertrauend
steh ich still und warte auf den Schmerz
Schläge ahne ich, wo jemand streichelt
und im Frühling seh ich schon den Herbst
Angesichts der vielen tiefen Narben
glaub ich nicht an ungetrübtes Glück
Warum bleibt mir Grau von allen Farben
will nicht hier sein und will nicht zurück

1986

Jesus

Was würde sein, wenn es Jesus wirklich gibt
von dem jeder behauptet, daß er ihn liebt
Und der steigt zu uns runter, uns zu befrein
was ihm da passierte in unserm Verein
das stell ich mir vor, und dann wird mir ganz leer
Kein Mensch erkennt ihn, wenn er unter uns wär.

Ein silberner Mercedes und ein schwarzer BMW
fahrn mit blutigen Reifen durch klaren Schnee

Jesus – steig nie herab
du kriegst keine Wohnung
und vom Kuchen nichts ab
Du kriegst keine Arbeit
und du kommst in den Knast
weil du radikal und leise
Widerstand geleistet hast

Denn Jesus war Pole und Jude dazu
Jesus war ein Schwarzer und kam aus Peru
Jesus war Türke und Jesus war rot
Mensch Jesus, bleib oben, sonst schlagen die
dich tot!

1978

Was würde sein wenn es Jesus wirklich gibt, von dem jeder be hauptet
daß er ihn liebt und er steigt zu uns runter uns zu befrein was ihm
da passierte in unserm Verein, das stell ich mir vor und dann
wird mir ganz leer, Kein Mensch erkennt ihn wenn er unter uns wär. Ein
silberner Mercedes und ein schwarzer BMW fahrn mit blutigen Reifen durch
klaren Schnee. Jesus, steig nie herab, du
kriegst keine Wohnung und vom Kuchen nichts ab, Du kriegst keine Arbeit und du
kommst in den Knast, weil du radikal und leise Widerstand geleistet hast.
Denn Jesus war Pole und Jude dazu, Jesus war ein Schwarzer und
kam aus Peru, Jesus war Türke und Jesus war rot, Mensch
Jesus, bleib oben sonst schlagen die dich tot.

Heimweh nach Heimat

Kein Ton mehr, der klingt
meine Stimme zerspringt
alles sauber und kalt
wird Gefühl zu Gewalt
Geld ist alles, was zählt
und die Wende gewählt.
Alle Straßen sind fremd
ist kein Haus, das mich kennt.
Ich hab Heimweh
nach Heimat
wo das auch sein mag.

Meine Worte gehen aus
und das: Ausländer raus.
Jeder Türke zuviel
für die gibts kein Asyl.
»Geh doch rüber, du Sau«
sagt ein Mann, der ist blau
Hakenkreuz an der Wand
einen Stein in der Hand
hab ich Heimweh
nach Heimat
wo das auch sein mag.

Von Raketen umstellt
toter Regen, der fällt
und mit Engelsgeduld
baun wir weitere Schuld
und für Wärme kein Raum.
Ich hab Angst noch im Traum
habe Sehnsucht, will fort
und weiß doch keinen Ort
hab nur Heimweh
nach Heimat
wo das auch sein mag
Heimat
wo das auch sein mag
Heimat
wo das wohl sein mag.

1986

e D C
Kein Ton mehr der klingt, meine Stimme zerspringt, alles sauber und kalt, wird Ge-
H7 e D
fühl zu Gewalt. Geld ist alles was zählt und die Wende gewählt, alle
C H7 e9
Straßen sind fremd, ist kein Haus das mich kennt. Ich hab Heimweh
e
nach Heimat — wo das auch sein mag.
Zwischenspiel:
p p p i m a
p p p i m a
Begleitungsvorschlag:
Refrainbegleitung:
e9
u.s.w.

Dynamo-Tango oder Für die jungen, dynamischen Männer, aufstrebende Mitarbeiter eines Schallplattenkonzerns

Die Lieder, die ich singe, sind zu destruktiv
die ziehn euch runter, und ihr steht auf positiv
Ihr sagt, die Liedermacherhochzeit ist passé
jetzt wünscht das Publikum sich wendemäßig Schnee
Ein bißchen Frieden, nettes, fröhliches Gesicht
denn so 'ne Ballung von Problemen läuft doch nicht

Komisch – ich hab das alles schon einmal gehört
nur war der Ort ein andrer, was mich leicht verstört
Die Reden gleichen sich, genauso blöd und schlapp
Denkt ihr, daß ich dafür das Land gewechselt hab
daß ich nun euch bediene, wie ihr gerne wollt
Ich scheiß auf euren Umsatz und auf Plattengold

Was ich woanders aus Prinzip verweigert hab
Dazu laß ich mich hier auch nicht für euch herab
Wenn euer Rat auch wenger ideologisch ist
so bleibt er doch in seiner Forderung Beschiß
Für euch zählt Kohle, Umsatz, Marktwert und
Gewinn
Da kommt es nicht so sehr auf Inhalt an und Sinn

Solange Wut und Trauer sich vermarkten ließ
da habt ihr tapfer mitgeweint für baren Kies
Ich singe weiter, was ich bin und was mir brennt
auch, wenn ihr das nicht mehr so gut verkaufen
könnt

Wahrscheinlich habt ihr recht, und mir bleibt nur
der Schreck
Vielleicht bin ich schon morgen von der Bühne weg

Mensch, da bewerb ich mich bei euch, wenn nichts
mehr geht
haltet mir einen Platz frei, wenn ihr einen seht
Doch fürcht ich jetzt schon, was den Arbeitsmarkt
betrifft
seht ihr das völlig cool und nüchtern, auch bekifft
Ich hör euch grinsend sagen: Ja, so ist das halt
für unsre Firma sind Sie leider schon zu alt

So bleibt mir nur zum Schluß ein letzter Wunsch
für euch
Hievt euch die Leiter hoch und werdet bloß nicht
weich
Macht weiter so, egal um welchen Preis und wie
Nur eins: Nach eurer Würde suchen dürft ihr nie
Denn das ist etwas, falls ihrs noch nicht wißt
was sich nicht kaufen läßt, weils unbezahlbar ist

1986

Melodie Bettina Wegner/Peter Meier, München

Tango
Strophe
Die Lieder, die ich singe, sind zu destruktiv, die
ziehn euch runter und ihr steht auf positiv. Ihr
sagt, die Liedermacher hochzeit ist passé, jetzt
wünscht das Publikum sich "wende" mäßig Schnee. Ein bißchen
freies Tempo
Frieden, nettes, fröhliches Ge-sicht, denn so 'ne
a tempo
Ballung von Problemen läuft doch nicht.
B:
Solange Wut und Trauer sich vermarkten ließ da habt ihr
tapfer mit geweint für baren Kies. Ich singe weiter, was ich bin und was mir
brennt. Auch wenn ihr das nicht mehr so gut verkaufen könnt. Wahrscheinlich
habt ihr recht und mir bleibt nur der Schreck vielleicht bin ich schon morgen von der Bühne
weg.
h7/b5
Cj7
Fj7

Der Prinz ist gegangen

Meine Worte sind fremd und munter und laut
dabei will ich am liebsten ganz leise sein
Meine Hand ertrinkt in der Kälte der Haut
Der Prinz ist gegangen, das Herz wird zu Stein

Das Lächeln gefror mir, er sieht es ja nicht
und das silberne Schwert sprang mitten entzwei
Fast erdrückt mich des Vogels Feder Gewicht
Und ich wollte ihn halten mit Zauberei

Ich habe ihm Gitter und Fesseln gezeigt
Ich hab ihm gedroht mit Geflüster und Schrein
Die Tür in den Angeln schwingt rückwärts und schweigt
und das wird dann wohl alles gewesen sein

1986

Melodie Peter Meier, München

Capo II
a G a
Meine Worte sind fremd und munter und laut,
G a d6/F C
dabei will ich am Liebsten ganz leise sein.
G a G a
Meine Hand er-trinkt in der Kälte der Haut,
G F G a G
der Prinz ist ge-gangen das Herz wird zu Stein.
Vorspiel:
p i m p i a m i p i p p i m i p i m p i
Zwischenspiel:
p p p
p p p
(3x)

Von Deutschland nach Deutschland

Für Benjamin und mich

Zwei Namen für ehemals gleiches Land
die Grenze geht mitten durchs Ich
verschiedene Fahnen, nur farbenverwandt
im Muster verwirren sie sich

Von Deutschland nach Deutschland ein
Katzensprung
wie gut, daß die Sprache fast stimmt
Von der Wut lügt man sich bis zur Mäßigung
und hofft, daß man wieder schwimmt

Und abends beim Bier dann der Lebenslauf
die Sehnsucht wird wegerzählt
wenn man fällt, steht man tapfer wieder auf
und man merkt nicht, daß irgendwas fehlt

Was bleibt, ist die Heimat als Niemandsland
in dem man verlorengehn kann
von niemand geliebt, von niemand erkannt
und manchmal stirbt man daran

Vielleicht ist Heimat ja nur ein Stück Haut
ein Streicheln, ein Lied, ein Baum
und ein Garten, in dem man Blumen klaut
und die eigene Kindheit als Traum

1986

a d E7
Zwei Namen für ehemals gleiches Land, die Grenze geht mitten durch's
a a d
Ich. Ver-schiedene Fahnen nur farblich verwandt im
h7/b5 E7 d a
Muster ver-wirren sie sich. Von
d a d a
gut, daß die Sprache fast stimmt. Mäßigung und
h7/b5 E7
hofft daß man wieder schwimmt.

Liedgut

Alles eine Sache der Zeit
man wird sich gewöhnen
das will der Kopf
wie, wird verschwiegen
er kann es nicht sagen
Erinnerung zerrt
alte Lieder wie Wurzeln
Wer die hier singt
der singt sie alleine
Lieder geteilt
wie die Kindheit
durch Grenzen
»und wir lieben die Heimat, die schöne«
»Rodina moja, rodina ljubimaja«*
Weg isse – und nu?
Nie wieder »Suliko«**
Das war doch ein Sprung
Geduld muß man haben
Manchmal bete ich leise
daß ich nicht allzuoft
aus mir selbst springen muß
»Von all unsern Kameraden«
ist die Hälfte geblieben

* Meine Heimat, liebe Heimat
** Lieblingslied Stalins

und die Hälfte gegangen
»Laß uns dir zum Guten dienen«
durchgetrennter Tatbestand
»Kleine weiße Friedenstaube«
hat sich die Flügel verstaucht
»Ich trage eine Fahne«
aber nur in der Tasche
»Spaniens Himmel breitet seine Sterne«
über echter Sonnenbräune aus
»Stürmen und Tosen, ihr roten Matrosen«
alle ersoffen
»Vorwärts und nicht vergessen«
zurückzubleiben
»worin unsre Stärke besteht«
denn das wissen wir längst
hat sich immer bewährt
»Die Solidarität«
hat sich vorgenommen
auf Zeiten zu warten
die noch schlimmer sind
»Dem Karl Liebknecht, dem haben wirs
geschworen«
und alles gebrochen
»Und so jagten wir das Pack zum Teufel«
inzwischen vertraglich
zwischen Teufel und Pack

garantiert und geregelt
das Kleben am Sessel
»Partisanen, kommt, nehmt mich mit euch«
Ich halts nicht mehr aus – Mensch
Bella ciao

1986

In Gedanken bei Uwe Johnson

Uns allen ist nicht die Zeit geblieben
fertig zu werden mit euch und mit uns
wie dem geliebten gehaßten Land
Da stehen wir nun und beklagen das Unrecht
das uns widerfuhr, bis wir heiser sind
Die Schreie der Wut und die alte Verzweiflung
ertrinken in Ohnmacht wie ehedem
Den Gegenüber, den wollten wir zwingen
zum gleichberechtigten Wortgefecht
Er hat uns entfernt und das Tischtuch zerrissen
Ein Fragender kann ohne Antwort nicht leben
Hier ist eine Rechnung offengeblieben
Die Sprache dreht sich spiralisch ins Nichts
Die Sprache des Zweifels war unsere Waffe
und zuletzt bleibt die Angst vorm versiegenden
Wort

1986

Mitten im Leben

Nicht Feiglinge sind wir
nur oft ohne Mut
Nicht Schwächlinge wirklich
nur ganz ohne Wut
Nicht Mitläufer nennt uns
im Laufen erstarrt
Nicht Weichlinge sind wir
nur sind wir nicht hart
Wir sind keine Täter
nur tatenlos still
sind nicht ohne Liebe
nur zornig und schrill
sind keine Verräter
nur treu sind wir nicht
Wir sind nicht die Masse
nur ohne Gesicht
nicht ganz ohne Hoffnung
nur müde und wund
wir sind keine Mörder
nur oft wie ein Hund
die schweigende Mehrheit
so ohnmächtig stumm
und mitten im Leben
bringt uns das um

1987

Waffenlos

Ganz freien Willens geb ich alle Kriege auf
Ich will nicht mehr Kampf und nicht Sieger sein
Ich richte auf niemanden mehr den Lauf
meiner Waffe und laß mich auf alles ein

Auf dem Handteller blüht mir ein Rosenstock
und die Füße sind Veilchen und Herbstzeitlos
aus blauem Flieder gewebt ist mein Kleid
und die Haare sind weich und aus feinem Moos

Die Liebe duldet nicht Mauern noch Stein
sie steigt in den Himmel durch Regen und Schnee
sie stürzt sich ins tiefste Wasser hinein
und taucht wieder auf in blühendem Klee

Ich geb mich ganz offen in deine Hand
unendlich vertraun will ich dir wie ein Kind
Ich folge dir gläubig bis an den Rand
Doch ich weiß noch, wo all meine Waffen sind

1987

Laß uns unsern Abschied nehmen

Sag doch, was hab ich verbrochen
daß du jetzt so anders bist.
Was ist da in uns zerbrochen
daß du mich nun anders siehst.

Früher waren unsre Hände
warm und weich und gut.
Heute starrn wir auf die Wände
in uns wohnt die Wut.

Unsre Worte kriechen leise
und verzerrt aus unserm Mund
drehn sich in verkehrter Weise
machen zornig ohne Grund.

Und was damals für mich sprach
was du schön gefunden
scheint dir heute dumm und flach
kann dich nur verwunden.

Sicher bin ich noch die gleiche
und bin trotzdem nicht mehr so
daß ich dir die Hände reiche
mit dir rede, gut und froh.

Laß uns unsern Abschied nehmen
ohne Wut und ohne Haß
laß uns aneinanderlehnen
und dann trennen müd und blaß.

1979

Ich will nicht

Ich will nicht wie Orpheus singen
keine Steine zum Weinen bringen
will nicht sein, was ich sein soll
nur ich selber und das ganz doll

Ich will keine Tarnkappe tragen
und nicht um Erlaubnis fragen
wenn ich Sauerein erkenne
und die dann beim Namen nenne

Ich will Nazisprüche hassen
will mich nicht verkohlen lassen
und das wollt ich auch schon in dem Land
wo sich kein Platz für mich fand

Bei mir hat sich kaum was verändert
nur die Augen sind tiefer umrändert
und 'n bißchen kälter ist mir
und die Kohle wiegt schwerer hier

Ich will meine Liebe behalten
und kein Gefühl soll erkalten
Ich will nicht vor Ohnmacht erfrieren
und mich dabei selbst verlieren

Keine Kinder will ich an die Macht
nur, daß man sie vor Macht bewacht
und ich brauch keinen Sonderzug
Nulltarif wär mir schon genug

Ich will keine neuen Männer
denn das wär'n ja genausolche Penner
wenn die nicht schon immer kapiern
daß uns teilende Herrscher regiern

Über Recht auf Asyl solln entscheiden
die unter Niemandsland leiden
Jeder Spitzel soll arbeitslos sein
und die Macht ohne Führerschein

Will 'n Punk als Kulturminister
nicht so'n farbloser, nicht so'n trister
und Fabrikbesitzer ans Band
und den Papst in den Ehestand

Was ich will, ist doch nicht zuviel
ist doch wirklich 'n Kinderspiel
nicht mal König von Deutschland sein
Ich will nur in die Sender rein.

1987

Strophe
C G G7 C
Ich will nicht wie Orpheus singen, Keine Steine zum Weinen bringen
a d G7 C
will nicht sein was ich sein soll, nur ich selber und das ganz doll
B
Git.
C G6/H
bei mir hat sich kaum was verändert
Ich will meine Liebe erhalten...
a7 A7
nur die Augen sind tiefer umrändert, und ein bißchen kälter ist mir,
E7 a
und die Kohle wiegt schwerer hier.
Begleitungsvorschlag:
G6/H a7 A7
Vor- und Zwischenspiel:
VIII

Fremd

Für M. M.

Der tote Fremde ist uns manchmal näher
als alte Freunde, die mit uns am Leben sind
Fremd in der Welt sein, wird mir immer weher
wir irrn durchs Leben als verwirrtes Kind

Die Sehnsucht nach der kühlen sanften Stille
ist uns vertrauter als das schrille, laute Sein
und mitten in lebendig toter Fülle
stehn wir verlassen und sind ganz allein

Ach, diese Leere können wir mit niemand teilen
nur halb stehn wir verkehrt auf dieser Welt
So zwingen wir uns rastlos hin und her zu eilen
und dabei suchen wir doch nur das Stück, das fehlt

Wir hasten angstzerrissen ohne Pause
Der Schrei versteckt sich unterm nassen Hemd
Allein der Tod bedeutet eigentlich Zuhause
Doch wir sind hier und darum sind wir fremd

1987/1997

Wenn jemand liebt
ist es ganz gleich
ob er geliebt wird
zuerst, zuletzt
und überhaupt
So wie der Fluß
der nur sich selber trägt
ist Liebe auch
ganz ohne Zweck
und außer ihr
hat gar nichts einen Platz
Es reicht der Liebe
daß sie da ist
und sie kennt außer sich
nur Sterben und Geburt
Wenn nichts in einem lebt
als nur noch Liebe
dann liebt man
oder wird nicht mehr geliebt
Die Liebe ist ein Sterbenmüssen
an sich selbst

1988/1997

Das Licht

Der Ring um mein Herz ist aus Eisen
die Dunkelheit ist von der Nacht
Die Angst ist die Mutter der Weisen
und ich hab gelacht

Der Mond ist die Sichel des Vaters
und Gott ist der Bruder von Kain
Der Narr steht am Ende des Kraters
und spuckt nicht hinein

Der Sichelmann hat einen Bruder
Der Schlaf und der Tod sind verwandt
Die Panik, die hat einen Namen
den hab ich gekannt

Die Ohnmacht ist Schwester und Mutter
Die Flamme ist rot und aus Wut
Zum Ende des Weges mein Kutter
und alles wird gut

Das Licht ist am Ende des Weges
Das Helle ist in meinem Schuh
Das Tiefe am Fuße des Steges
Ich will meine Ruh

1988

Was will ich denn, ich hab es doch gewusst
daß du nicht sagen wirst: Ich lieb dich immer noch
Ich rolle Stacheldraht durch meine Brust
und stürze ohne Hilfeschrei und lebe doch

Nicht mal dein kleiner Finger hält mich fest
man kann auch schweigen, wenn man irgend
etwas sagt
Ich schrei mich heiser, daß du mich verstehst
doch du hast nichts verstanden und hast nichts
gefragt

Ich tanz verzweifelt einen roten Scherbentanz
und schlag den Kopf mir auf an deiner Brust
Verbluten kann man gar nicht oder ganz
du lächelst kalt und freundlich ohne Lust

Du bist der Feind, der unverletzt er selber ist
du bist auf jedem Schiff der Steuermann
und du wirst nie ein andrer sein, als der du bist
weil du nicht weißt, daß man auch schutzlos
leben kann

1988

ICH BIN DER TURM
der umgestürzt ist
Ich bin die Hure
wo sie feilschen
wie tief mein Preis zu drücken sei
Ich bin die Trauerweide
die zweigeringend sitzt
im Wartesaal
die trotzig Wartende
die dennoch weiß
daß nichts geschieht
Ich bin die Wut
die zornig sieht
wie der Mercedes-Stern
vorm Fenster glüht
Ich bin die Uhr
in der die Zeituhr tickt
Ich bin der Penner
der besoffen und verrückt
das Vorfahrtsschild zerschlägt
Ich bin der Antizeitgeist
der zur Kenntnis nimmt
daß alles Bunte schnell
an ihm vorüberschwimmt
Und endlich bin ich noch
ich selbst
so trostlos voller Hoffnung
in der Welt

1988

Sie hat's gewußt

Das Kind sitzt vor dem Fotoapparat
und lächelt nicht, weil es den Mann nicht kennt
der ungeduldig immer wieder sagt
das Kind soll endlich lächeln, hübsch gekämmt
Das Kind starrt unbeweglich ins Visier
es will nach Hause oder weg ans Meer
das ist so blau und tief und ist nicht hier
Man lacht nicht, wenn man gern woanders wär

Der Mann verspricht: Mein Kind, nun paß mal auf
wenn du jetzt lachst, kommt hier ein Vogel raus
Der fliegt bis ganz weit in den Himmel rauf
Da lächelt es und will nicht mehr nach Haus
Es wartet auf den Vogel, sitzt ganz still
und hofft bei jedem Klickklack, daß er kommt
weil es den Vogel fliegen sehen will
und glaubt, daß man Versprochenes bekommt

Der Vogel kam im ganzen Leben nicht
und irgendwann hat es das Kind gewußt
Es wurde eine Frau, die leicht zerbricht
die hatte auch zum Lächeln keine Lust
bis alle sagten, daß man besser fährt
wenn man Fassade zeigt und fröhlich ist
Da hat sie mitgemacht, bewundernswert
und hat erwartet, daß man sie nicht frißt

Sie ist gefressen worden, ganz und gar
und hat sich niemals ihren Wunsch erfüllt
nach etwas Ganzem, so mit Haut und Haar
das, was man braucht und ganz tief in sich fühlt
Sie hatte einen Mann, der war es nicht
was er versprach, das alles hielt er nie
und langsam änderte sich ihr Gesicht
Das Lächeln starb, nun war sie wieder sie

Der Vogel kam im ganzen Leben nicht
und irgendwann hat es das Kind gewußt
Es wurde eine Frau, die leicht zerbricht
die hatte auch zum Lächeln keine Lust
als alle sagten, daß man besser fährt
wenn man Fassade zeigt und fröhlich ist
Da hat sie mitgemacht, bewundernswert
bis sie bemerkte, daß sie sich vermißt

1988

Das Kind sitzt vor dem Fotoapparat und
Lächelt nicht, weil es den Mann nicht kennt. der ungeduldig immer wieder sagt
—, das Kind soll endlich lächeln hübsch gekämmt. Das
Kind starrt unbeweglich ins Vi-sier, es will nach Hause oder auch ans Meer
—, das ist so blau und tief und ist nicht hier man
Lacht nicht, wenn man gern woanders wär —. Das ist so
blau und tief und ist nicht hier man lacht nicht wenn man gern woanders wär
—. Refrain Der
Refrain
Vogel kam im ganzen Le — ben nicht und irgendwann hat es das Kind
gewußt. Es wurde eine Frau, die schnell

G
E7
a
zerbricht, die hatte auch zum Lächeln keine Lust.
d7
G
C
Als man ihr sagte, daß man besser fährt, wenn man Fas-
H7
Fj7/G
-sade zeigt und fröhlich ist, da hat sie mitgemacht, be-
a
-wundernswert und hat erwartet, daß man sie nicht frißt.
d7
G6/H
Fj7/G

Worte, gestammelt, geflüstert, geweint
durch das Gestrüpp von leblosem Draht
hat uns die Liebe geschützt und geeint
gegen Vergessen und gegen Verrat

Edles Versprechen, ehrlich zu sein
und das Gelöbnis von Freundlichkeit
Bitter Gewußtes nie zu verzeihn
über dem Abgrund entliebter Zeit

Hätt ich doch, Liebster, niemals gefragt
von meinen Tränen nährt sich der Schmerz
Hätt'st du das Schreckliche später gesagt
Jetzt trifft dein Wort mich mitten ins Herz

Gott schütze die Starken und ihren Sieg
wer legt seine Hände auf mein Gesicht
Liebe, die fortfliegt am Ende, ist Krieg
doch ich besitze die Waffen nicht

1988

Du bist nicht da, die Welt ist ganz zerrissen
die Angst der Kiefernnadel ist perfekt
Die Eichenblätter halten sich noch immer
und eine Wiege gab es nie, es gab ein Bett
Man weicht zurück und hält die Worte offen
kein Reden mehr, nur Frage nach der Schuld
Wer hat begonnen und wer wird beschließen
ist alles, was von uns geblieben ist
Ich steh am Abgrund, sehne mich hinunter
und kehre um auf meinem alten Weg
Da stehe ich und friere in der Kälte
die in mir wohnt, und nenne sie Zuhaus
Ach, fremde Leute werden uns begraben
wie überall und wie es sich gehört
Ich bin so tot, noch eh ich wirklich sterbe
und mitgestorben ist mir meine Wut

1988

Kein Bitten bringt die Liebe wieder
die einfach fortgeflogen ist
Sie läßt sich nun woanders nieder
ist fortgezogen und vergißt

Kein Lächeln, kein vertrauter Blick
kein kluges Wort, auch Wünschen nicht
bringt das Gefühl der Zeit zurück
die man verlor grad wie das Licht

Kein Beten und kein Wollen helfen
nicht Zorn, nicht Leid, nicht Zauberei
kein Wutgeheul wie bei den Wölfen
Der Liebe ist das einerlei

Sie ist gekommen und gegangen
Ich bin ganz still und nur noch ich
Woanders hat sie angefangen
und stumm und traurig sehn ich mich

1988

So alt bin ich geworden
und du bist nicht mehr da
ich frier in Eis und Norden
und niemand kommt mir nah

Ein Star, im Baum, dem müden
der fragte, wo du bist
nun fliegt er wohl nach Süden
weil es dort wärmer ist

Abschied ist mir alltäglich
von dir und von der Welt
nur bleibt er fad und kläglich
wo ich ihn nicht gewählt

Ich habe aufgegeben
mein Messer brach entzwei
für dieses bißchen Leben
lohnt nicht einmal ein Schrei

Das Band ist durchgeschnitten
der Kuckuck zählt die Zeit
Ich werd ihn darum bitten
daß er nie wieder schreit

1988/1997

In Niemandshaus

In Niemandshaus hab ich ein Zimmer
Ich wohn darin, und nichts ist meins
Ganz sicher leben andre schlimmer
Nur ein Zuhause hab ich keins

Der soll nicht schreien und nicht weinen
der niemals geht und niemals bleibt
Zwei Herzen habe ich zu meinem
und Angst, daß jedes stehenbleibt

Ich will ein Vaterland von einer Mutter
Ich will nicht da sein und bin dennoch hier
In meiner großen Jacke fehlt das Futter
Ich steh in Niemandshaus und such nach mir

1991

Blues für mein eignes Begräbnis

Ick freu ma schon, wenn ick jestorben bin
denn komm ick bestimmt in'n Himmel rin
und ick kieck uff euch runter, wie ihr ma begrabt
und kann die Musik hörn, die ihr für mich habt
und ick kann die Musik hörn, die ihr für mich habt

Au weia, wenn ihr son Trauermarsch spielt
wo jeder vor lauter Heulen schon schielt
Ick will beim Begräbnis die Rolling Stones hörn
und ihr sollt zu tanzen, dit müßta mir schwörn
und ihr sollt zu tanzen, dit müßta mir schwörn

Ick wünsch ma, ihr bringt wat zu trinken mit
wenns jeht, trocknen Weißwein, bloß keen
Vaschnitt
Bißchen möcht ick noch in euern Köppen bleibn
und die Trauer aus euern Herzen vertreibn
und die Trauer aus euern Herzen vertreibn

Lebendig zu sein hat mir Spaß jemacht
und wenn ick euch tanzen seh und ihr lacht
Denn mach ick vor Glück die Oogen janz fest zu
und kann endlich penn' und hab meine Ruh
und ick kann endlich penn' und hab meine Ruh

1988

Ein Vogel kam

Ein Vogel kam, der sang, bis er sich niederließ
auf meiner alten Hand, die längst erfror
Er war so schön, als käm er aus dem Paradies
Ich weiß nicht, wer ihn fand, und nicht, wer
ihn verlor

So leicht war er und bunt und wärmte meine Hand
Da wollt ich, daß er nur für mich alleine singt
Ich sah den großen Käfig an der Wand
und ließ ihn hängen, weil man keinen Vogel zwingt

Frei fliegen soll er, mit der Leichtigkeit von heut
Nie soll er Schwere spürn, die ihn zu Boden drückt
soll sich verschwenden ohne Ziel, nichts, was
ihn reut
und Sommerwiesen lieben soll er wie verrückt

Ich wünsch ihm Selbstverständlichkeit, die ich
nicht hab
und wasch sein Federkleid in meiner Tränen See
Ich trockne es mit meiner heißen Trauer ab
und wenn er durch den Himmel bricht, tut nichts
mehr weh

1990/1997

Warum bist du nicht da, wenn ich dich brauche

Du bist bei dir, und ich bin irgendwo
Ich häng in einem Bitterbeerenstrauche
und es ist sinnlos, daß ich weine oder droh
Ich wollt mich nie an einen Menschen hängen
ich weiß ja zu genau: Gewicht erschlägt
mit tiefer Liebe kann man auch bedrängen
und wer am Leben bleiben will, der geht

1989

Lass mich hier sein und bleiben
Halt mich fest, wenn ich fall
Ach, die Liebe soll niemand vertreiben
wie der Habicht die Nachtigall

Wenn du fortziehst ins Helle
bleibt die trostlose Nacht
Ich ertrink an der schwärzesten Stelle
von der Finsternis boshaft bewacht

Ich sitz stumm in den Zweigen
die sind bitter und rot
und ich will mein Verbluten nicht zeigen
denn der Einsame lebt schon im Tod

1996

Was ich zu sagen hatte

Für meine Mutter Lisa

Was ich zu sagen hatte, habe ich gesagt
Nur fürchte ich das allerletzte Wort
Der Sprache Ohnmacht hat mich oft geplagt
Doch Trotz und Hoffnung gab ich niemals fort

Mir scheint, die Welt geht aus den Fugen, bringt
sich um
die vielen Kriege zählt man schon nicht mehr
und dieses neue große Deutschland macht mich
stumm
der Zorn der Worte und die Wut bleibt leer

Ein Jugoslawien stirbt, das es nicht wirklich gibt
nur großes Sterben gibt es und den Tod
auch für die Kurden, die man ihren Henkern
schickt
in Afrika ist er der Herr der Not

Die müden Spendenkleider, die man selbst nicht trug
sie machen all die Hungrigen nicht satt
Unsre Almosen sind ein schöner Selbstbetrug
Es lügt sich leichter raus, wer etwas hat

Die Welt stirbt leise, stilles Schreien hört man nicht
Da gibt es keinen andern Stern, zu fliehn
Es hilft kein Weinen, und es hilft auch kein Gedicht
und trotzdem hoffe ich und nicht auf Knien

Wer einen Menschen rettet, rettet so die Welt
Am Ende überleben wir uns doch
Nur wir bestimmen, wann der letzte Vorhang fällt
und Liebe wohnt in uns ja immer noch

1995

Zwei Vogelfrauen

Für Tamara Danz

Es zogen am Himmel zwei Vogelfrauen
Ihr Nest ward zerbrochen und ganz zerstört
Sie konnten kein neues Nest sich bauen
weil Baum und Wald nun dem Adler gehört

So suchten sie nach verlorenen Zweigen
nach Zweigen aus ihrer Vergangenheit
und schworen, niemals wieder zu schweigen
zu Lüge und Ungerechtigkeit

Die eine sang tapfere farbige Lieder
und hatte ein goldenes Federkleid
Die andere putzt ihr zerrupftes Gefieder
und krächzt den anderen Vögeln ihr Leid

mit fertigen hohlen Tönen im Schnabel
und immer geplustert und drängelnd im Licht
verkauft sie ihr Leben als schillernde Fabel
die lächelnde Kälte im Vogelgesicht

So blieben sie nestlos im Wald fremder Siege
und jede zog ihre Lebensbahn
Die eine gemütlich verstrickt in der Lüge
und die andere ist gestorben daran

1996

Stille ists

Stille ists und doch kein Frieden
volle Münder schreien nicht
wenn sie in den Betten liegen
spürn sie auch nicht ihr Gewicht

Liegen doch auf weichen Kissen
und ihr Sterben spürn sie kaum
Manchmal, nachts, weint noch Gewissen
eingesperrt in ihren Traum

Überfluß und gutes Essen
kann doch nicht das Leben sein
Was mal war, ist längst vergessen
Hier zählt Haben und nicht Sein

Hier zählt Heute, nicht das Morgen
was aus unsrer Erde wird
das bereitet keine Sorgen
nur, der Mensch in ihnen stirbt

Jede leise stille Ahnung
wird erstickt und schnell verbannt
Jede laute, schrille Mahnung
umgebracht durch ihre Hand

Gib mir Ruhe, gib mir Frieden
seis auch nur ne Stunde lang
Besser, in die Tasche lügen
Wahrheit bleib im Panzerschrank

Ach, das kennen wir doch alles
war doch alles schon mal da
und im Falle eines Falles
ist das überhaupt nicht wahr

Abwehr spielen ihre Hände
und kein Stein drückt ihre Brust
und wie immer, ganz am Ende
haben alle nichts gewußt

Mir scheint, ich kann nur aus der Ferne lieben
Was mir zu nahe kommt, zerstöre ich
aus alter Furcht, daß mir Verwundung droht
So setze ich der neuen Krone
die alten Scherben obenauf
Der, den sie schmücken sollte
weiß von nichts
Kein Weh kann er mir tun
durch falsches Lachen
und wird mich niemals quälen durch Verrat
Er kann mich nicht enttäuschen noch verlassen
Palette, Pinsel nenne ich mein eigen
Ich schaffe mir die allerschönsten Farben
in meinem Kopf und male täglich neu
Sein Ring am rechten vierten Finger stört mich nicht
Vielleicht spielt er grad Vater-Mutter-Kind
Ich lehn mich an sein Bild und lasse mich
beschützen
Er tröstet mich und streichelt meine Haare
Ich laß den Kopf an seine Schulter sinken
Mir ganz allein gehört der Film mit Happy-End
bis ein verfluchter Rohrbruch meinen Keller flutet
und ich zur Wasserträgerin verkomm
Da ist der wunderbare Film gerissen
und alle Farben laufen aus dem Bild
Ich hol den Federschmuck und meine Stiefel
denn eine Wasserkriegerin kämpft tapfer und für sich

1996

No, woman, no cry!
Weine nicht, aber schrei!

Alle deine schönen, großen Brüder
haben einen feinen Job gekriegt
dir hat man gesagt, ne Heirat wär solider
und du hast ganz brav dazu genickt
Einen prima Mann hast du bekommen
jedenfalls hat Vater das gemeint
Schläge hast du schweigend hingenommen
heimlich hast du auf dem Klo geweint.

Refrain: No, woman, no cry
Weine nicht, aber schrei!

Immer ist da irgendwas gewesen
Immer stand was zwischen dir und dir
Manchmal war es einfach nur der Besen
oder deines Ehegatten Bier
Sieben Kinder hast du ihm geboren
dann hat er sich still und leis verdrückt
Denke bloß nicht, du hättst was verloren
Manchmal glaubst du schon, du wirst verrückt.

Refrain

Glaub mir, du brauchst keinen Psychologen …
du brauchst einfach, daß du dich erkennst
Um dich selber hat man dich betrogen

und es nützt ja nichts, wenn du verbrennst
Laß dir sagen, du bist nicht alleine
Es gibt hundert solcher Fraun wie dich
und noch tausend mehr, um die ich weine:
Schrei ab jetzt, das ist nicht lächerlich!

Refrain

Ja, sieh zurück

Ja, sieh zurück und nicht im Zorn
nur Schmerz ist, was da schreit
und Weinen um Verlorenes
aus einer andern Zeit

Und anders waren du und ich
wir waren einfach wir
Wir lebten vor dem Sündenfall
in dir war ich und du in mir

Der Sturz ist doppelt, den ich fiel
in dieses große Eis
Vielleicht erfriere ich darin
weil ich noch alles weiß

Ich will zurück und komm nie an
den Ort, der nicht mehr ist
den ich nicht mehr betreten kann
weil Zeit den Rest vergißt

1996

Ich trink auf euch

Ich trink auf euch
und aufs große Vergessen
auf Größe und Schönheit
und gutes Essen

Ich rede was
in vergifteter Sprache
und lüge ein Lächeln
das ist meine Rache

Ich gehe weg
in zerrißnen Sandalen
und hab noch am Ende
vergessen zu zahlen

1997

Inhalt

Die mit einem * versehenen Titel sind Lieder.

AtV

Band 1007 **Eva Strittmatter**

Einst hab ich drei Weiden besungen

Gedichte

Originalausgabe

240 Seiten
ISBN 3-7466-1007-9

Eva Strittmatters Gedichte beschreiben den Alltag in schönen, anrührenden Bildern. Sie erzählen von der Natur, den Zeiten des Tages, des Jahres und des Lebens. Sie lehren hinzusehen und machen nachdenklich, Idyllen sind sie nicht.
Das Taschenbuch, ein Brevier für jedermann, ist die Essenz langer Schaffensjahre.

AtV

Band 1421 **Ulrich Plenzdorf**
Liebling, Prenzlauer Berg

206 Seiten
ISBN 3-7466-1421-X

»Ein Mörder will lieber lebenslänglich im Knast bleiben, als entlassen zu werden. Ein Arbeitsloser wird von seiner Frau vergewaltigt. Zwei Cowboys klauen ihr eigenes Auto, um damit nach Kanada zu fahren. Eine süchtige Nutte bescheißt einen Vietnamesen, der dafür fünf Jahre sitzen soll. Ein Bulle sagt lieber, er war bei der Stasi, als ein Wort mit seiner Frau zu reden. Ein Anwalt läßt sich von seiner reizenden Freundin enteignen, wird obdachlos und muß auf seine alten Tage seine Brötchen wieder bei Gericht verdienen. Das alles im tiefsten Berliner Osten. Und der Anwalt bin ich – Robert Liebling.«

AtV

Band 1156 **Erwin Geschonneck**
Meine unruhigen Jahre
Herausgegeben von Günter Agde

394 Seiten
ISBN 3-7466-1156-3

»Erwin Geschonneck, der Autodidakt, war einer der wenigen wirklichen Filmstars in der DDR, er ist einer der wenigen wirklichen Filmstars in Deutschland. Nicht Opulenz und Virtuosität prägen seine Rollen, sondern Einfachheit und Lakonismus, nicht charmante Unverbindlichkeit, sondern Eigensinn und Strenge. Und eine schier unübertreffliche Präsenz: das Runzeln einer Augenbraue als Naturereignis.
Wenn Charisma nicht nur Geschenk ist, sondern auch Summe erfahrenen Lebens, dann erklärt sich Geschonnecks Faszination aus seiner Biographie, aus dem Lebensweg eines Hungerleiders aus der Berliner Ackerstraße. Einer, der die Höllen dieses Jahrhunderts überlebt hat und den diese Erfahrungen nicht müde und resigniert, sondern mutig und vital gemacht haben.«

Roland Gräf